# PROSPECTUS

D'UN

# PONT DE FER

## D'UNE SEULE ARCHE,

PROPOSÉ, depuis vingt toiſes juſqu'à cent d'ouverture, pour être jeté ſur une grande riviere : préſenté au ROI le 5 Mai 1783,

*PAR M. VINCENT DE MONTPETIT.*



*A PARIS,*

Chez L'AUTEUR, rue du Gros-Chenet, près de celle de Cléry, Nº. 3.

M. DCC. LXXXIII.

# PROSPECTUS
## *D'UN PONT DE FER**

** Voyez la note au sujet de la rouille, page 7.*

## D'UNE SEULE ARCHE,

*PROPOSÉ depuis vingt toises jusqu'à cent d'ouverture, pour être jeté sur une grande riviere; présenté au ROI le 5 Mai 1783.*

LES dangers que présentent à la navigation les piles des ponts sur les grandes rivieres, sont des motifs assez intéressants pour avoir de tout temps engagé les Constructeurs à chercher les moyens de faire les plus grandes arches possibles; mais ils n'ont pu les ouvrir qu'en raison de la tenacité des matériaux, car si l'on avoit la facilité de se servir de granit ou de porphyre, au lieu de pierre ordinaire, pour établir des ponts, on pourroit doubler aiſément l'ouverture des plus grandes arches connues : à défaut de ce moyen, on a propoſé en différents temps celui d'employer le fer, comme de toutes les matieres de conſtruction la plus tenace & la moins deſtructible ; & quoique l'Hiſtoire Ancienne ne nous ait rien tranſmis à ce ſujet, il eſt probable que cette idée n'a point échappé aux Architectes de l'Antiquité.

Dans ce ſiecle, le Docteur Deſaguillier l'avoit conçu pour la Tamiſe ; le ſieur Garrin, en 1719, fut ſur le point d'en exécuter un à Lyon ; depuis un autre a été propoſé pour le pont de Saint-Vincent ſur la Saône ; en 1755, les ſieurs Goiffon & de Montpetit s'en occuperent pour le fleuve du Rhône. De tous les projets cependant qui ont paru, aucun n'a été exécuté en France, ſoit parce que les connoiſſances ſur cette matiere n'étoient point auſſi étendues qu'elles le ſont aujourd'hui, ſoit eſprit de prévention ou de parti qui s'éleve toujours contre les nouveautés, ſoit enfin défaut de combinaiſon dans la compoſition. A ce dernier cas il eſt malheureux qu'on n'y ait pas pris aſſez d'intérêt pour en conſerver des modeles ou des deſſins qui auroient dans la ſuite ſervi de moyens de comparaiſon pour en perfectionner le méchaniſme.

En 1779 on a rapporté à l'Académie des Sciences que l'on avoit conſtruit un pont de fer fondu à Briſtol en Angleterre.

En 1777 & 1778 deux projets de ce genre ont paru, chacun d'un ſyſtême différent, par les ſieurs Calippe & de Montpetit; M. de Morveau, de l'Académie de Dijon, en a fait une critique judicieuſe à laquelle ce dernier Auteur a répondu. La critique & la réponſe méritent d'être lues dans le Journal de Littérature & des Beaux-Arts, 1779, Nos. 28 & 32.

Le projet qui eſt renouvellé aujourd'hui, eſt une ſuite de celui projeté pour le Rhône en 1755 : l'Auteur depuis ce temps s'eſt occupé à en perfectionner le méchaniſme; & en combinant toutes les idées conçues & digérées par des expériences, il s'eſt convaincu que le plus ſûr moyen de ſuccès dans la compoſition d'un tel édifice, étoit de faire porter toutes les principales pieces de force à angle droit, par preſſion & non par extenſion (quoiqu'il ſoit reconnu que le fer tire beaucoup plus qu'il ne porte); de là la néceſſité de ſoumettre la longueur du pont à un arc quelconque, afin d'anéantir les oſcillations par la preſſion, & déterminer toute la portée ſur les culées, qui à cet égard n'auront pas plus de réſiſtance à oppoſer, pour ne pas dire beaucoup moins, que pour une grande arche en pierre dure qui auroit les mêmes dimenſions, ce qu'il eſt aiſé de prouver.

L'Auteur a exécuté un modele de fer en 1779, dont le développement eſt détaillé dans un Mémoire lu à l'Académie Royale des Sciences, contenant le calcul des forces tant vives que mortes de tout cet édifice. Ce modele fut enſuite expoſé pendant quatre mois dans la Salle d'aſſemblées, afin de recueillir les avis des Savants Académiciens, ſur les moyens d'une plus grande perfection. Il fut enſuite placé pendant l'hiver, au concours des Sciences & des Arts, chez M. de la Blancherie, pour y être critiqué non ſeulement par les Connoiſſeurs & Artiſtes nationaux, mais encore par les Savants étrangers qui ſe réuniſſent à ces Aſſemblées.

Toutes les différentes diſſertations qui ſe ſont faites à ce ſujet, même les critiques anonymes auxquelles l'Auteur a répondu, ont ſervi à éclaircir la matiere & à en perfectionner le ſyſtême.

Le réſumé de tout cela a été de produire un méchaniſme plus ſimple, plus léger, moins coûteux & tout auſſi ſolide. L'Auteur en a fait le développement dans un Mémoire en forme de ſupplément, adreſſé à MM. les Commiſſaires qui avoient été nommés en 1779 pour faire le rapport.

Ces Meſſieurs, en convenant de la poſſibilité de la conſtruction d'un pont de fer, ne peuvent aſſeoir leur jugement ſur des expériences qu'ils n'ont pas faites ; celles rapportées par l'Auteur ne ſont que conjecturales pour eux, il faudroit les répéter & en faire de nouvelles, & cela ne ſe peut faire ſans frais; il n'y a que le Gouvernement qui puiſſe en donner l'ordre & les moyens, ou ſon approbation à une Compagnie qui en voudroit faire les avances, en ſe propoſant la conſtruction d'un pont de fer. Alors l'Auteur indiqueroit les opérations à faire pour s'aſſurer d'une ſolidité démontrée par les faits.

Voyez l'apperçu des Expériences à la fin.

Le rapport a été conſéquemment en ſuſpens, & l'Auteur a retiré de MM. les Commiſſaires ſes Mémoires & Deſſins, pour y faire les additions & changements relatifs à ſes nouvelles idées; il en fera part à ceux qui voudront s'intéreſſer à la conſtruction de cet édifice métallique, ainſi que des moyens de le préſerver de la rouille (1).

(1) La principale objection qui a été faite ſur ce projet, eſt celle au ſujet de la rouille ; le procédé que l'Auteur ſe propoſe d'employer n'a point été développé à l'Académie des Sciences ; mais indépendamment de ces moyens, toute objection doit être levée par la nouvelle & précieuſe découverte d'un vernis métallique inaltérable, qui pénetre le fer juſques dans le cœur, & le garantit de la rouille pour toujours.

*AVANTAGE de ce Pont sur les autres, tant pour la construction que pour la commodité & l'économie.*

I°. IL ne sera aucun obstacle ni au cours de la riviere, ni à la Navigation; au contraire il la favorisera, parce qu'en supprimant le massif des piles nécessaires à un pont de pierre, qui rétrécissent le lit de la riviere en le divisant, on a la facilité de le resserrer par les culées, pour en rendre la profondeur plus égale & le courant de l'eau moins tortueux, sans former aucun de ces écueils dangereux qui environnent ordinairement les piles des ponts.

II°. En ménageant un petit quai le long des faces des culées, les chevaux attelés à la remonte des bateaux, pourront passer sous le pont, de maniere que le tirage ne sera point interrompu par une manœuvre qui cause ordinairement beaucoup de retard & d'embarras, sur-tout quand il faut interrompre des files de voitures qui montent & descendent un pont.

III°.

III°. (1) Le temps des glaces & des inondations ne causera aucun dommage, & même dans le cas où un débordement extraordinaire parviendroit à grossir la riviere jusqu'au point de toucher aux reins des grandes arches, ce pont ne risqueroit rien, en ce qu'étant tout à jour & n'ayant point de piles, il opposeroit moins de résistance à l'impétuosité de l'eau.

IV°. L'ordonnance de ce pont est distribué de façon qu'on peut parcourir son intérieur par des galeries de six pieds de hauteur sur trois & quatre de largeur ; cette commodité donne la facilité de visiter cet édifice dans toutes ses parties, & d'y faire toutes les réparations nécessaires ; car il est composé de maniere que chaque piece peut être enlevée, changée & replacée à volonté sans que l'ensemble en souffre. Ces galeries peuvent même servir de passage couvert pour les gens de pied dans les temps de foule & d'embarras.

V°. Ce pont, dans sa construction, a un agrément que n'ont pas tous les autres, en ce que toute sa méchanique se montant à vis & à cla-

(1) Les désastres arrivés cette année 1783, en différentes Provinces du Royaume, par les inondations qui ont emporté des ponts sur de grandes rivieres, rendent cet article encore plus conséquent.

vettes, elle peut être fabriquée en différents lieux éloignés, amenée par partie à sa destination, montée ensuite par ceintres qui seront placés successivement tout d'une piece, de maniere que les culées une fois faites la riviere est libre, & les travaux, après les premiers arcs ou arrêtes posés, se continueront pour ainsi dire en l'air, sans aucun appui qui gêne le cours de la riviere, ni qui interrompe la navigation, en sorte que l'Entrepreneur pourroit s'engager à n'arrêter le passage des grands bateaux que pendant quelques jours.

VI°. De plus, cet édifice peut être augmenté & diminué à volonté, de vingt pieds de largeur il peut être porté à trente, quarante & au-delà, sans le décomposer ni en interrompre la liberté, ni celle du cours de la riviere. Pour le rétrécir il n'y a qu'à dévisser les arrêtes extérieures, & rapprocher les balustrades; & pour l'élargir il n'y a qu'à ajouter une ou plusieurs galeries; de même s'il étoit nécessaire de le transporter ailleurs, il seroit très-facile de le démonter par partie; & en en forgeant de nouvelles, il pourroit être alongé par la continuation de son arc sans en être endommagé.

VII°. A tous ces avantages, ce pont réunit encore

celui de coûter moins qu'un autre. Sur les proportions du deſſin donné pour quatre cents pieds de longueur ſur quarante de largeur, le ſquelette de l'enſemble, avec tous les ornements & acceſſoires en fer, peut peſer environ dix-ſept à dix-huit cents milliers au plus fort ; on ſait ce que peut coûter le cent peſant de gros fer forgé rendu ſur les lieux, & tel prix qu'on y mette ſelon la proportion de ſon poids & de ſa façon, la ſomme qui en réſultera ſera toujours bien inférieure à celle que coûteroit un pont de pierre qui auroit les mêmes dimenſions (1).

D'ailleurs quand même par les acceſſoires & ornements qu'on jugeroit convenables d'y ajouter, la dépenſe approcheroit de celle d'un pont de pierre, celui-ci, qui n'en a aucuns des inconvénients, mériteroit par ſa ſingularité & les avantages qui en réſultent, d'avoir la préférence toutes les fois qu'il ſera queſtion de joindre l'utile,

(1) M. de la Place a trouvé le ſecret d'augmenter la tenacité de la fonte & d'améliorer le fer ſans en augmenter le prix que de très-peu de choſe. Cette découverte vient encore à l'appui du projet de pont dont eſt ici queſtion, & en peut de beaucoup diminuer la dépenſe par le ſuccès des expériences, d'où il s'enſuivroit une diminution de plus d'un quart du prix.

l'agréable, le commode, le ſolide & le merveilleux.

Malgré tous ces avantages, & quelque ſéduiſante que ſoit l'idée d'un pont d'une ſeule arche, jetée avec autant de hardieſſe que de majeſté, ſur une grande riviere, & malgré tout le merveilleux d'un tel édifice, qui contribueroit à la gloire d'un Etat, & à la magnificence d'une Ville; il eſt des circonſtances où la dépenſe, quoique de beaucoup inférieure à celle d'un pont de pierre, pourroit être encore trop forte, relativement aux fonds deſtinés à cet uſage; car pour accomplir l'enſemble de cette conſtruction, ſelon le deſſin donné, il faut qu'il ſoit accompagné des acceſſoires & ornements qui contribuent à ſa commodité & à ſa beauté; l'apperçu de cette dépenſe pourroit être un obſtacle à l'exécution d'un pareil projet.

Il eſt des cas cependant où un pont eſt abſolument néceſſaire & où, faute de moyens, on eſt réduit à une ſimple conſtruction en bois, dont les inconvénients ſont encore plus conſéquents que ceux d'un pont de pierre, puiſqu'il faut également diviſer la riviere par des palées qui forment autant d'écueils, & qui étant continuellement expoſées à l'action de l'air & de l'eau, ne peuvent être de longue durée ni réparées qu'à grands frais.

Pour lever ces difficultés & ne faire qu'une dépenſe proportionnée aux moyens, néanmoins ſe préparer la jouiſſance du pont de fer dont eſt queſtion, il n'y a qu'à conſtruire ſimplement partie du ſquelette méchanique qui conſtitue la force & la ſolidité de cet édifice, enſuite faire les acceſſoires en bois, en attendant qu'on ſoit en état de les changer en fer; par ce moyen on pourra, par ſucceſſion de temps, achever l'entiere conſtruction de ce pont, en employant pour cet objet la dépenſe qu'exigeroient les grandes réparations d'un pont de bois.

Il n'y a donc, pour cet effet, qu'à entreprendre ſeulement un nombre d'arrêtes ou arcs-ſommiers avec leurs galeries, le tout en fer, ſelon les proportions données, ſur leſquelles on établira des madriers avec des baluſtrades de bois, ou gardes-fous en barres de fer, &c. de cette maniere la dépenſe ne ſera pas la moitié de celle que coûteroit l'entier établiſſement de cet édifice métallique, peut-être même feroit-elle inférieure à la dépenſe totale qu'exigeroit celui en bois: on en peut juger par l'examen de l'expoſé ci-après.

Suppoſé que l'on ait à conſtruire un pont de trois cents pieds de longueur, auquel il ſeroit convenable de faire des trotoirs, la largeur feroit au moins de quarante pieds : si les fonds destinés à cette entreprise ne suffisoient pas pour cette construction en total, on pourroit, pour le moment, en supprimer les trotoirs, & réduire la largeur à vingt-huit pieds; alors la dépense peut être estimée selon l'état qui suit :

« Etat de la pesanteur du squelette méchanique » d'un pont de fer de trois cents pieds de longueur » sur ving-huit de largeur, prise sur un arc de » vingt-huit degrés d'ouverture, sans y comprendre » le couchis ni les trotoirs & les balustrades qui » peuvent être faits en bois.

» Les arcs qui forment les arrêtes ou sommiers, » sont composés de lames de fer d'un pied de hau- » teur sur huit lignes d'épaisseur, ce qui donne » huit pouces quarrés de grosseur, qui font pour » la longueur de trois cents pieds, deux cents pieds » carrés; il y en a deux en haut de l'arc & deux » en bas, valants huit cents pieds, à 47 livres ½ le » pied carré, en raison de 570 livres le pied cube, » font le poids de . . 38000 livres pesant.

» Les montants ou moises » qui assemblent les bandes, » sans les pattes, ont cinq

*Ci-contre* . . . 38000 livres pesant.

» pouces de largeur, un pouce » d'épaisseur, quatre pieds de » longueur, ce qui fait deux » cents quarante pouces ou » un pied deux tiers carré : » les pattes deux pieds six » pouces de longueur à chaque » bout, & huit lignes » d'épaisseur sur un pied de » largeur, ce qui fait en tout » environ trois pieds carrés » à 47 livres ½, vaut 142 livres » ½ pesant ; en les plaçant » de cinq pieds en cinq » pieds, il en faut soixante » & un, qui donneront ensemble » de pesanteur la masse » de . . . . . . 8693 livres pesant.

» A quoi il faut ajouter » six livres seulement pour la » valeur des écrous & des » têtes de boulons, parce que » le poids des boulons est

46693 livres pesant.

*De l'autre part* . . . 46693 livres pesant.

» compris dans le plein des
» lames & des pattes, il en
» faut quatre par moise, ce
» qui donne deux cents qua-
» rante-quatre, multipliés par
» six, valent . . . . 1464 livres pesant.

» Ces trois articles ci-des-
» sus, qui composent un ar-
» rête ou sommier, font le
» poids total de . . . 48157 livres pesant.

» Dans la largeur de vingt-huit pieds, en pla-
» çant les arrêtes de trois pieds quatre pouces huit
» lignes de distance, on aura vingt-sept pieds un
» pouce quatre lignes, qui avec douze pouces
» pour l'épaisseur des lames, donnent vingt-huit
» pieds un pouce quatre lignes. Le tout formera
» huit espaces ou galeries renfermées par neuf ar-
» rêtes, qui ensemble feront par conséquent le
» poids de . . . . . . 433413 livres.

» Pour assembler parallélement ces arrêtes sur
» leur champ, il faut des traverses de trois pieds six
» pouces de longueur, y compris le recouvrement,
» à quoi on peut ajouter un pied pour les deux
» pattes, ce qui feroit quatre pieds six pouces, un
» pouce

» pouce d'épaisseur sur deux ½ de hauteur de champ,
» en tout deux pouces ½ de grosseur, ce qui vaut
» ensemble un pied quarré moins $\frac{14}{144}$ que l'on peut
» évaluer à environ 43 livres, il en faut dans toute
» la longueur quatre par moise ; mais comme celles
» de dessus doivent être plus fortes que celles de
» dessous, on réduit celles-ci à deux pouces de
» hauteur sur champ, au lieu de deux & ½ qui est
» un 5$^{e}$. de moins, seroit par conséquent environ
» 35 livres. Ainsi il y a soixante & une moises, ac-
» compagnées de deux traverses par le haut, au
» nombre de cent vingt-deux, à 43 livres chacune,
» donneront en pesanteur 5246 livres.
» Les cent vingt-deux de dessous à 35 livres chacune . . . . 4270 livres. } 9516 livres.
» elles sont distribuées en huit galeries, qui don-
» nent par conséquent la masse de 76128 livres
» qui avec celle de . . . . 433413 livres,

» fait le total de . . . . . 509541 livres.

» Les diagonales ou contre-buttes de huit pieds
» & ½ de longueur de tige, sur deux pouces & ½
» de hauteur de champ, & un pouce d'épaisseur,
» les pattes deux pieds chacune, évaluées, tant

» pour la largeur que pour l'épaisseur, aussi à deux » pouces ½ l'une dans l'autre; ce qui donne en » toute la longueur douze pieds six pouces, multi- » pliés par deux pouces ½, font trois cents soixante- » quinze pouces qui composent deux pieds quarrés, » plus $\frac{29}{48}$ à 47 livres ½ donnent 118 livres ¼, fait » environ 120 livres. Il en faut dans toute la lon- » gueur, soixante & un qui font 7320 livres, dis- » tribuées en huit galeries, produiront la masse » de . . . . . . . . 58560 livres.

» De l'autre part . . . . 509541 livres.

» TOTAL. . . . 568101 livres.

Ainsi tout le poids de cette construction n'excédera pas six cents milliers au plus fort; car ici le pied cube de fer est pris sur 570 livres pesant, au lieu qu'il n'est ordinairement que de 558 à 560 livres, ce qui fait une différence d'environ onze livres par pied; conséquemment quand on évalueroit le gros fer forgé à cent écus le millier tout posé, celui des vis & écrous à 750 livres, ou le tout l'un dans l'autre jusqu'à 500 livres le millier, *cela ne feroit pas la somme de 300000 livres*, pour cette premiere construction, sur laquelle il n'y aura qu'à coucher des madriers, & placer à leur about des gardes-fous en fer, de bandes courantes aussi simplement que l'on voudra. On peut ajouter à cette dépense environ 2500 livres pour le moyen assuré de préserver le fer de la rouille.

Quand il sera question d'ajouter une nouvelle galerie pour élargir le pont, il est aisé de concevoir que pour cet effet il n'y aura qu'à échafauder à la volée le long de la partie extérieure que l'on veut augmenter, observant de donner la largeur nécessaire pour l'aisance du travail & de l'assemblage de toutes les pieces d'une nouvelle arrête parallelement aux autres, sans interrompre le passage du pont ni le cours de la navigation.

Les connoissances acquises par cette premiere construction donneront la facilité dans la suite de fabriquer & poser toutes les parties à meilleur compte, & il est probable que l'établissement d'une nouvelle galerie à ajouter, ne coûteroit pas 30000 livres, somme qui ne suffiroit pas à la premiere grosse réparation des palées d'un pont de bois, réparation qu'il faudra recommencer au bout d'un certain nombre d'années.

Il sera donc plus avantageux de commencer par la construction d'une partie du pont de fer, tant pour l'économie nécessaire du moment, que pour les dépenses à venir ; car dans les grandes réparations d'un pont, soit en bois, soit en pierre, on est souvent contraint d'en interrompre le passage, quelquefois même pendant plusieurs mois, & de faciliter par une autre voie la traversée de la riviere, ce qui occasionne toujours des dépenses étrangeres à l'objet principal, au lieu qu'en les employant comme il est dit ci-dessus, elles ameneront petit à petit la jouissance entiere de tout l'édifice métallique, dont l'établissement aura été commencé.

Ainsi le Public instruit & impartial trouvera que commodité, solidité, économie & merveilleux se réunissent dans ce Prospectus.

*APPERÇU des expériences à faire en grand pour prouver la solidité d'un pont de fer.*

1°. IL faut faire forger aux forges les plus à proximité une lame de fer de sept pieds de longueur, huit lignes d'épaisseur & huit pouces de hauteur, ayant quatre trous pour passer des boulons ;

Plus, une pareille piece de même dimension, mais sans trou ;

Une troisieme pareille piece de la fonte du sieur de la Place, qui aura un pouce d'épaisseur au lieu de huit lignes :

2°. Toutes ces pieces seront éprouvées par pression, par secousse & par choc, en sus de la charge totale qu'elles ont à supporter dans le systême du pont & des différents risques où elles seront exposées :

3°. En conséquence il sera construit une machine, sur laquelle on pourra éprouver toutes sortes de pieces de fer; il y sera joint une table qui donnera les degrés de force d'une barre quelconque, selon son échantillon, ce qui, jusqu'à présent, n'a pas été connu :

4°. Cette machine donnera la valeur de la chûte d'un corps ſolide, de maniere qu'on pourra apprécier la percuſſion & les chocs des roues de voiture en raiſon de leur charge :

5°. Il ſera néceſſaire de conſtruire une machine pour éprouver les pieces qui doivent agir par extenſion :

6°. On diſpoſera des lames de fer ceintrées ſur champ, qui ſeront ſoumiſes à un pyrometre qui fera connoître l'augmentation de la preſſion du fer ſur les culées, dans le moment de ſon extenſion, ſelon ſon degré de courbure :

7°. Tous ces moyens propoſés ſont néceſſaires pour avoir des expériences concluantes à la ſolidité d'un pont de fer ; elles peuvent d'ailleurs répandre de grandes lumieres ſur les Arts & Métiers, & être d'un grand ſecours aux Conſtructeurs, dans l'Architecture civile, militaire & navale, & il s'enſuivra de toutes ces connoiſſances, qu'on pourra, ſur les principes du ſyſtême du pont, établir ſolidement & ſans de grands frais, des voûtes, des dômes, des plafonds de trois & quatre cents pieds de diametre, ce qui ſeroit avantageux pour les Temples & les édifices publics où il faut raſſembler beaucoup de monde :

…ont de Fer d'une seule Arche de 400 pieds d'ouverture orné d'un Pyromètre qui indique les degrés de la dilatation et de la contraction du fer ainsi que la temperature de l'air.

8°. Si, après les expériences, on ne juge pas à propos de se servir pour un pont de fer, des matieres qui auront été éprouvées, elles n'en seront pas moins très-utiles à d'autres usages, & leur valeur intrinseque en sera augmentée :

9°. Pour ce qui est des machines, elles fourniront des moyens d'expériences, toujours nécessaires en beaucoup de cas, comme pour épouver les essieux des roues de voitures, les flèches & arcs de carrosses, les bras de leviers destinés à supporter des massifs de maçonnerie, de charpente, &c.

Elles feront par conséquent un établissement très-intéressant dans un Etat policé.

---

Lu & approuvé à Paris, le 13 Mai 1783, DE SAUVIGNY.

*Vu l'Approbation, permis d'imprimer,* LE NOIR.



---

L. JORRY, Imprimeur - Libraire de MONSEIGNEUR LE DAUPHIN, rue de la Huchette, 1783.

www.ingramcontent.com/pod-product-compliance
Ingram Content Group UK Ltd.
Pitfield, Milton Keynes, MK11 3LW, UK
UKHW032034260826
14628UKWH00006B/2953

9 782014 094879